TABLEAUX

COLLECTION DE M. *** Nemy

Me CHARLES PILLET
Rue de Choiseul, 11.

M. F. LANEUVILLE
Rue Neuve des Mathurins, 73.

PARIS. — IMPRIMERIE DE PILLET FILS AINÉ, RUE DES GRANDS-AUGUSTINS, 5.

CATALOGUE

DES

TABLEAUX

ANCIENS ET MODERNES

ET

DES DESSINS

Formant le précieux cabinet de M. ...

Dont la vente aura lieu

HOTEL DES VENTES MOBILIÈRES, RUE DROUOT, 5

(SALLE N° 7)

Le Vendredi 16 mars 1860, à deux heures et demie

Par le ministère de Me **CHARLES PILLET**, Commissaire-Priseur,
rue de Choiseul, 11,

Assisté de M. Ferdinand LANEUVILLE, Expert, rue Neuve des Mathurins, 78,

Chez lesquels se distribue le présent catalogue.

EXPOSITION PARTICULIÈRE
Le samedi 10 mars 1860, de une heure à cinq heures.

EXPOSITION PUBLIQUE
Le dimanche 11 mars, aux mêmes heures.

CONDITIONS DE LA VENTE.

Elle sera faite au comptant.

Les acquéreurs payeront en sus des adjudications 5 pour 100, applicables aux frais.

LE CATALOGUE SE DISTRIBUE

Londres.......... MM. Colnaghi, marchand d'estampes.
Bruxelles............. Lenoi, expert du Musée royal.
Amsterdam........... Devries.
Rotterdam............ Lamme.
Vienne............... Artaria et Cᵒ.
Berlin................ Passalacqua.
Lyon................. Haet.
Lille................. Tencé père.
Rouen.......... ... ... Bellard.

AVIS ESSENTIEL.

La vente des chevaux d'attelage, harnais et voitures appartenant à M. *** aura lieu aux écuries de M. Chéri, rue de Ponthieu, 49, le mercredi 7 mars 1860, à deux heures;

Celle du mobilier, des objets d'art et des curiosités aura lieu les 12, 13, 14 et 15 mars 1860, hôtel Drouot, salle 7, à une heure,

Et celle des vins et liqueurs, le samedi 17, hôtel Drouot, salle 4, à une heure et demie.

Les catalogues de ces ventes se distribuent :

Chez Mᵉ Charles Pillet, rue de Choiseul, 11 ;

    M. Roussel, rue Neuve de l'Université, 5 :

    M. Laneuville, rue Neuve des Mathurins, 73 :

    M. Chéri, rue de Ponthieu, 49.

Paris. Imprimerie Pillet fils aîné, rue des Grands-Augustins, 5.

— Vendredi, ainsi que nous l'avons annoncé, M⁰ Ch. Pillet a vendu la collection de tableaux de M. N..., ancien agent de change. Voici les principaux :

Etablissement d'un camp et *un Campement*, deux petites toiles, par Pater, 25,000 fr. Ces deux tableaux ont été vendus il y a une quinzaine d'années 6,550 fr. à la vente d'Augustin, et 15,400 fr. en avril 1857, à la vente Patureau. *Les Baigneuses*, par le même, 9,600 fr. ; *Jésus au jardin des Oliviers*, par Paul Delaroche, 8,000 fr. ; un *Salon sous Louis XV*, par Fichel, 1,300 fr ; *le Concert champêtre* et *le Repos dans le parc*, par Fragonard, 1,800 fr. ; une *Bacchante*, par Greuze, 20,200 fr., vendue à la vente d'Augustin, 6,000 fr., et à celle de Martin, 11,000 fr. environ ; la *Fête-Dieu*, par Isabey, 1,200 fr. ; le *Passage du gué*, par Marilhat, 6,700 fr. ; le *Hallebardier*, par Meissonnier, 5,600 fr. ; *Vue d'un canal*, par Roqueplan, 1,500 fr. ; *Fête à Bacchus*, par Rottenhamer, 1,930 fr. ; *Environs de Paris*, par Th. Rousseau, 1,400 fr. ; la *Consultation*, par Schalker, 2,200 fr. ; *Vaches au pâturage*, par Troyon, 3,000 fr. ; une *Télègue russe*, par Yvon, 1,625 fr. ; *Vue du grand canal de Venise*, par Ziem, 3,880 fr. La totalité des tableaux a produit 101,870 fr. Les objets d'art, de curiosité et les tableaux ont produit ensemble 350,000 fr. environ.

DÉSIGNATION

DES TABLEAUX

—————━━━∞∞∞OOO∞∞∞━━—————

BARON

760. 1 — La Consigne.

Bois. Haut. 35 cent., larg. 25 cent.

BELLY

950. 2 — Forêt (effet d'hiver).

Toile. Haut. 89 cent., larg. 1,17.

BILLECOCQ

3 — Les Bulles de savon.

Bois. Haut. 22 cent., larg. 16 cent.

BILLECOCQ

4 — La Petite fille à la seringue.

Bois. Haut. 22 cent., larg. 16 cent.

BOSSUET

5 — Vue d'Anvers.

Toile. Haut. 51 cent., larg. 39 cent.

DELAROCHE (PAUL)

6 — Jésus au Jardin des Oliviers.

> Toile. Haut. 1ᵐ,76, larg. 1ᵐ,22.

DROLLING

7 — Le Départ pour le marché.

> Bois. Haut. 13 cent., larg. 11 cent.

DROLLING

8 — Le Fermier.

> Bois. Haut. 13 cent., larg. 11 cent.

FICHEL (E.)

9 — Un Salon sous Louis XV.

Bois. Haut. 43 cent., larg. 57 cent.

FICHEL (E.)

10 — La Tireuse de cartes.

Bois. Haut. 22 cent., larg. 17 cent.

FRAGONARD

11 — Le Concert champêtre.

Toile ovale. Haut. 59 cent., larg. 49 cent.

FRAGONARD

12 — Le Repos dans le parc.

Toile ovale. Haut. 59 cent., larg. 49 cent.

GREUZE

13 — Une Bacchante.
Vente Augustin.
Vente Martin.

Toile. Haut. 42 cent., larg. 33 cent.

ISABEY (Eug.)

14 — La Fête-Dieu.

Toile. Haut. 52 cent., larg. 35 cent.

JACQUES (Ch.)

450.

15 — La Bergerie.

Bois. Haut. 20 cent., larg. 38 cent.

LEROUX (Ch.)

580.

16 — Bois marécageux.

Toile. Haut. 58 cent., larg. 08 cent.

MARILHAT

6,700.

17 — Passage d'un gué.

Bois. Haut. 17 cent., larg. 34 cent.

MEISSONIER

5,500.

18 — Le Hallebardier.

> Bois. Haut. 18 cent., larg. 12 cent.

PATER

19 — Établissement d'un camp.
Vente Patureau.

> Bois. Haut. 27 cent., larg. 42 cent.

25,000.

PATER

20 — Un Campement.
Vente Patureau.

> Bois. Haut. 27 cent., larg. 42 cent.

PATER.

9,600 . 21 — Les Baigneuses.

Toile. Haut. 50 cent., larg. 35 cent.

ROQUEPLAN (C.)

940 . 22 — Un Moulin en Hollande.

Toile. Haut. 72 cent., larg. 59 cent.

ROQUEPLAN (C.)

1500 . 23 — Vue d'un canal.

Bois. Haut. 38 cent., larg. 56 cent.

ROQUEPLAN (C.)

810.

24 — Jeune fille au bain.

> Toile ovale. Haut. 27 cent., larg. 21 cent.

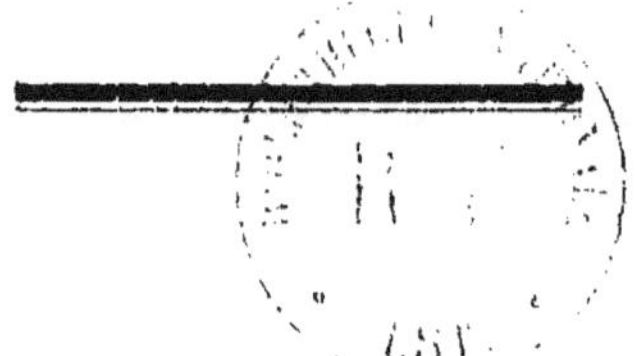

ROTTENHAMER

1930.

25 — Fête à Bacchus.

> Cuivre. Haut. 31 cent., larg. 40 cent.

ROUSSEAU (Th.)

1,400.

26 — Environs de Paris (un Berger et son troupeau).

> Bois. Haut. 27 cent., larg. 39 cent.

SCHALKEN

27 — La Consultation.

Bois. Haut. 24 cent., larg. 19 cent.

TROYON

28 — Vaches au pâturage (effet d'orage).

Bois. Haut. 40 cent., larg. 64 cent.

TROYON (C.)

29 — Chien de Terre-Neuve.

Bois. Haut. 20 cent., larg. 28 cent.

VERNET (J.) Ecole

30 — Marine (Clair de lune).

> Bois. Haut. 24 cent., larg. 36 cent.

YVON

31 — Une Télégue russe (Voyageur français reconduit à la frontière).

> Haut. 1^m,13, larg. 1^m,72.

ZIEM

32 — Vue du grand Canal de Venise.

> Toile. Haut. 55 cent., larg. 82 cent.

DESSINS.

BIDA

450.

33 — Vue du Saint-Sépulcre à Jérusalem.
Sépia rehaussée de blanc.

JACQUES

100.

34 — Troupeau de vaches à l'abreuvoir.
Encre de Chine rehaussée de blanc.

VOLIGNY. 1695

35 — Louis de Beausse
Dessin à la plume.